U0449034

金子美铃
童谣集

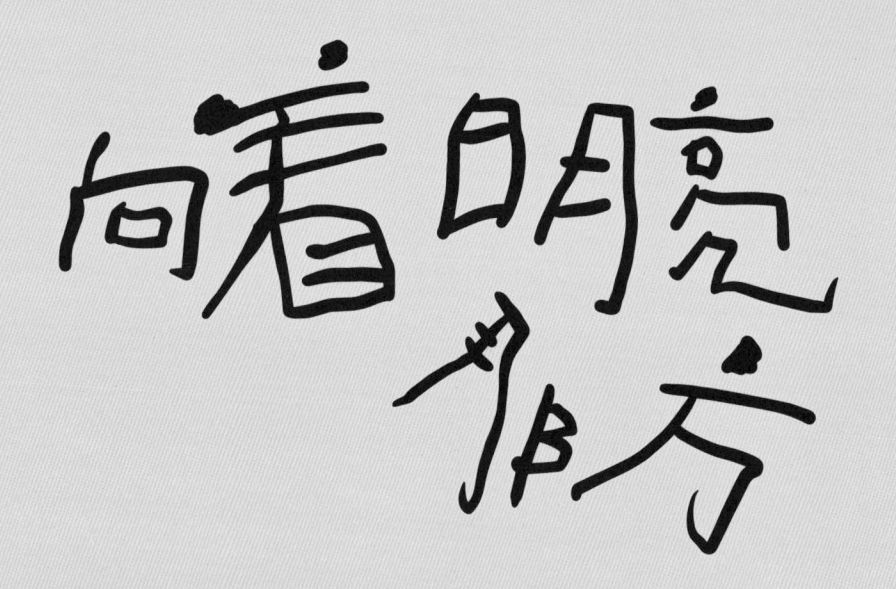

向着明亮那方

〔日〕
金子美铃 著

赵甲 译

江苏凤凰文艺出版社

图书在版编目（CIP）数据

向着明亮那方：金子美铃童谣集 /（日）金子美铃著；赵甲译. — 南京：江苏凤凰文艺出版社，2023.11
ISBN 978-7-5594-7926-6

Ⅰ.①向… Ⅱ.①金… ②赵… Ⅲ.①儿童诗歌－诗集－日本－现代 Ⅳ.①I313.82

中国国家版本馆 CIP 数据核字（2023）第 150690 号

向着明亮那方：金子美铃童谣集

［日］金子美铃 著　赵甲 译

责任编辑	白　涵
选题策划	麦书房文化
封面设计	付诗意
责任印制	冯宏霞
出版发行	江苏凤凰文艺出版社
	南京市中央路 165 号，邮编：210009
网　　址	http://www.jswenyi.com
印　　刷	河北尚唐印刷包装有限公司
开　　本	880 毫米 ×1230 毫米　1/32
印　　张	4.5
字　　数	89 千字
版　　次	2023 年 11 月第 1 版
印　　次	2023 年 11 月第 1 次印刷
书　　号	ISBN 978-7-5594-7926-6
定　　价	56.00 元

江苏凤凰文艺版图书凡印刷、装订错误，可向出版社调换，联系电话 025-83280257

目录

第一辑

我和小鸟和铃铛

我和小鸟和铃铛	2
燕子的笔记本	3
没有家的鱼	4
鱼儿	5
知了的衣裳	6
蚕茧和坟墓	7
蜜蜂和神灵	9
大象	10
藏好了吗	12
失物	13
大人的玩具	14
猎人	15
鱼满舱	17
大狗和绣眼鸟	18
偷懒的钟表	19
阳光	20
雪	22
孩子、潜水员和月亮	24

第二辑

星星和蒲公英

星星和蒲公英	26
栗子	27
桂花	28
橡子	29
山茶花	30
花瓣的海洋	31
花的名字	32
土地	34
土地和小草	35
桂花灯	36
老枫树	37
花魂	38
两棵草	39
露珠	40
天蓝色的花	42
紫云英	44
千屈菜	45
草的名字	46
树叶宝宝	48
洋娃娃树	50

第三辑

全都喜欢上

全都喜欢上	52
彩虹和飞机	54
肉刺	55
初秋	56
草原	57
美丽的小镇	58
云	60
日历和钟表	61
水和风和孩子	63
滚铁环	64
夜雪	66
弹玻璃球	67
积雪	68
车轮和孩子	69
羽绒被	70
月亮和姐姐	72
指甲	73
玻璃和文字	75
焰火	76
算数	78

第四辑

一个接一个

一个接一个	82
沙的王国	84
深夜的天空	85
魔法手杖	86
卖梦人	87
故事王国	88
我和公主	89
长长的梦	90
再见	91
草原之夜	93
漫长的白天	94
看不见的城堡	95
夏天	96
海浪	97
大海的尽头	99
天空的大河	100
睡梦火车	102
猜谜语	104
幸福	105
梦和现实	106
时间爷爷	108

第五辑

向着明亮那方

向着明亮那方
几重山
摔倒的地方
吵架之后
转校生
花店的爷爷
魔术师的手掌
卖鱼的阿姨
蚊帐
书和海
女孩子
如果我是花儿
早晨和夜晚
和好
这条路
谁会说真话
傍晚第一颗星
我
心
奇怪的事
没有玩具的孩子

第 一 辑

我和小鸟和铃铛

向着明亮那方

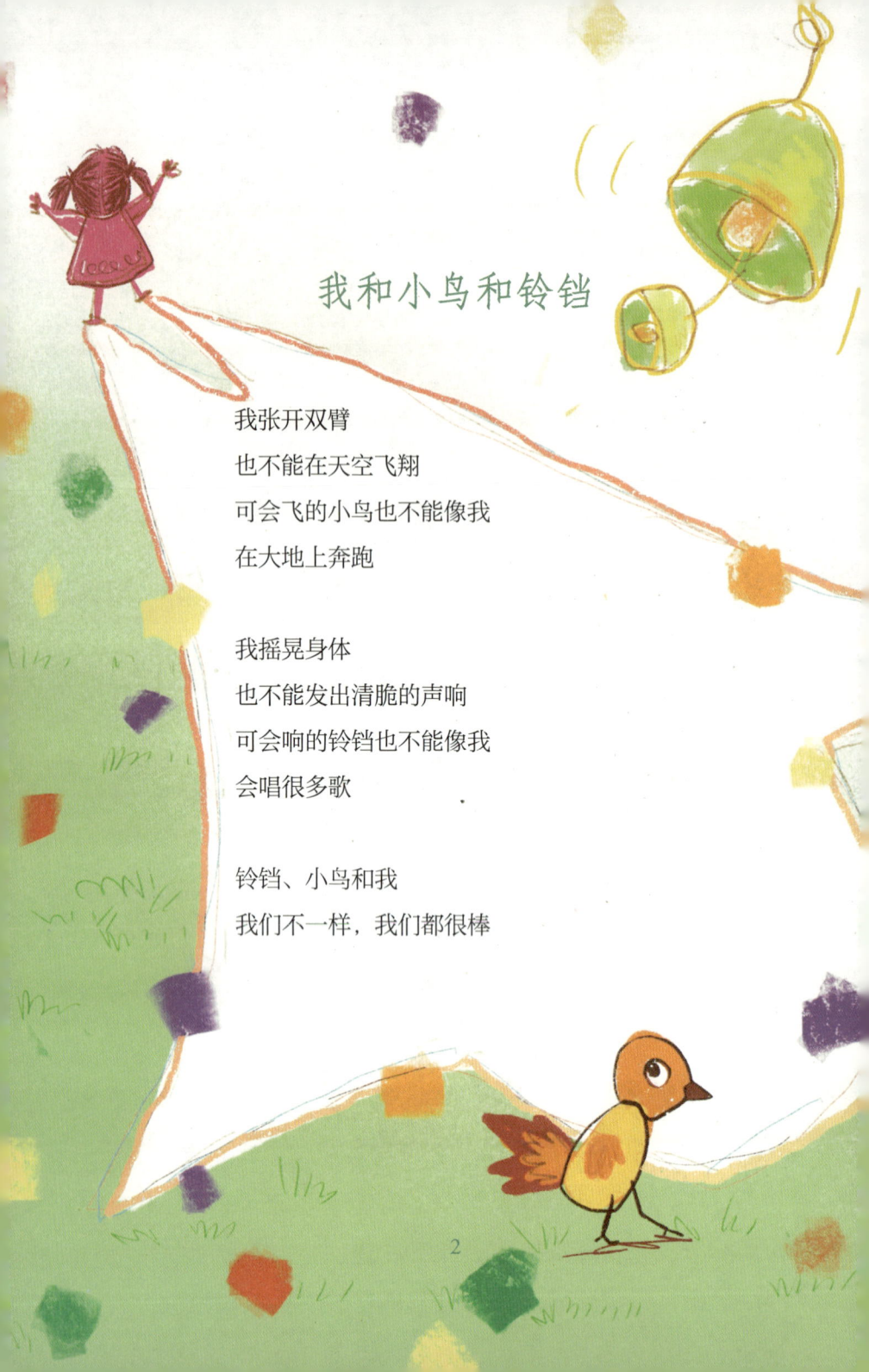

我和小鸟和铃铛

我张开双臂
也不能在天空飞翔
可会飞的小鸟也不能像我
在大地上奔跑

我摇晃身体
也不能发出清脆的声响
可会响的铃铛也不能像我
会唱很多歌

铃铛、小鸟和我
我们不一样,我们都很棒

燕子的笔记本

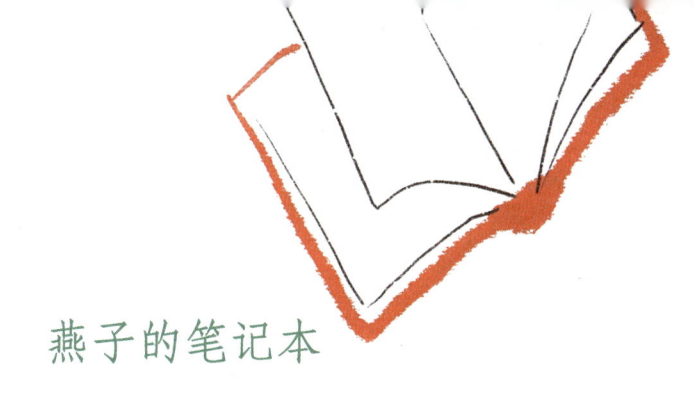

清晨宁静的沙滩上
我发现了一本笔记本
红绸封面，烫金文字
洁白的纸上一个字也没写

是谁丢下的呢
问海浪，海浪哗啦啦地响
找遍四周
沙滩上连个脚印也没有

一定是飞回南方的燕子
天亮时从这里路过
准备写旅行日记
却把刚买的笔记本掉在了这里

没有家的鱼

小鸟在树上筑巢
兔子在山洞栖息

牛有铺着干草的牛圈
蜗牛也背着自己的壳

大家都有自己的家呀
晚上都睡在自己家里

可是,鱼儿有什么呢?
它没有挖洞的手
也没有坚固的壳
也没人给它搭窝

没有家的鱼儿
无论是海潮翻涌,还是海水冰冷
整夜都在不停地游动吧?

鱼儿

海里的鱼儿真可怜

稻米有人耕种
牛儿养在牧场
鲤鱼养在池塘也有麦麸吃

可是海里的鱼儿呢
从来没有人照顾
也从来没有淘气过
却要这样被我吃掉

鱼儿真是太可怜了

知了的衣裳

妈妈
屋后的树荫下面
有一件
知了的衣裳

一定是知了怕热
才脱掉了衣裳
脱掉了,忘掉了
就飞走了

到了夜里
天会变冷
我们该把衣裳
送去哪里呢

蚕茧和坟墓

蚕宝宝会
钻到蚕茧里
那又窄又小的
蚕茧里

不过，蚕宝宝
一定很高兴吧
变成蝴蝶
就可以飞啦

人也会
钻到坟墓里
那黑暗又孤独的
坟墓里

然后，好孩子
会长出翅膀

变成天使

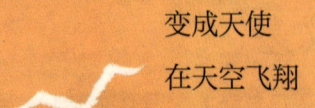

在天空飞翔

蜜蜂和神灵

蜜蜂在花朵里
花朵在庭院里
庭院在围墙里
围墙在小镇里
小镇在日本里
日本在世界里
世界在神灵那里

然后，然后呢
神灵在小小的蜜蜂里

大象

我好想骑大象呀
我好想去印度呀

可是路太远了
那就让我变小
骑上玩具大象吧

油菜地,麦子地
都成了幽深的森林

在那里捕获的野兽
是比大象还大的鼹鼠

天黑了,在云雀那里借宿
在森林里待上七天七夜

当我拖着堆积如山的猎物
走出幽深的森林时

从长满紫云英的大道上
仰望辽阔的天空
该是多么多么美丽呀

藏好了吗

——藏好了吗?
——还没呢
枇杷树下
牡丹丛里
孩子们在捉迷藏

——藏好了吗?
——还没呢
枇杷树枝上
绿色果子间
小鸟和枇杷果在捉迷藏

——藏好了吗?
——还没呢
蓝天外
黑土里
夏天和春天在捉迷藏

失 物

乡村车站的候车室
夜幕静静降临

她在等哪一趟火车呢
破旧的布娃娃孤单一个人

被末班车惊动
虫儿们低声鸣叫
拿扫帚的爷爷
静静地盯着她

破旧的布娃娃,她的妈妈
已经去了几重山之外
远方,回声轻轻响起

乡村车站的夜深了
虫儿们在低低地鸣叫

大人的玩具

大人扛着大锄头
去田里锄地

大人划着大船
在海里捕鱼

大人的将军
拥有真正的军队

而我的小小的士兵
不会说话也不会动

我的小船一下子就被打翻
我的小铲子已经被折断

想一想就好无奈呀
我好想拥有大人的玩具啊

猎人

我是一个小猎人
我是一个神枪手

猎枪是小小的杉木枪
子弹挂在绿色的树枝上

我是善良的猎人
别的猎人去打猎

我抢先一步,向鸟儿
发射我的绿子弹

绿子弹打身上,一点也不疼
鸟儿全都飞走得了救

鸟儿也许会生气
可我心里很高兴

我是一个小猎人
我是一个神枪手

杉木枪，扛肩上
急匆匆走在山路上

鱼满舱

朝霞映红了天空
渔船满载而归
又大又肥的沙丁鱼
堆满了船舱

海滩上
热闹得像过节一样
可是大海中
正在为成千上万的
沙丁鱼
举行葬礼吧

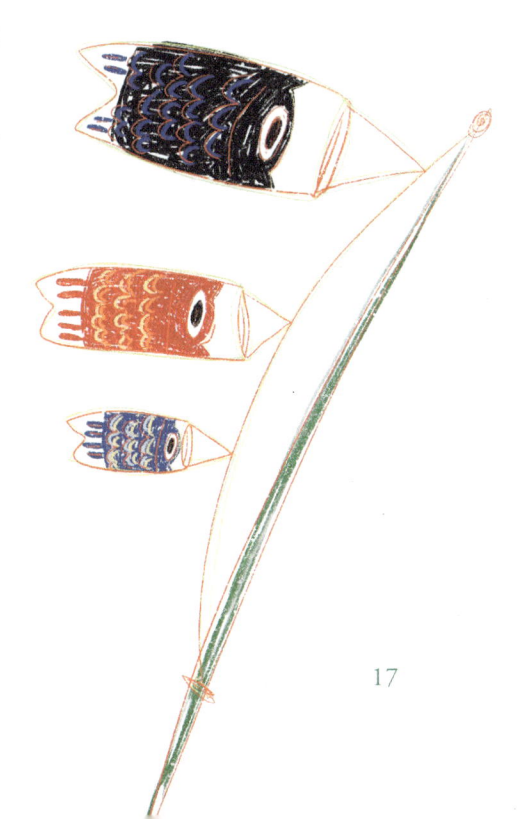

大狗和绣眼鸟

大狗的叫声
我很讨厌

绣眼鸟的叫声
我最喜欢

我的哭声
像哪一个呢?

偷懒的钟表

大挂钟说
今天星期天,正是好天气
男主人不用上班
少爷、小姐也休息

只有我,嘀嗒,嘀嗒
还在辛勤地工作,好无聊呀
我也睡个午觉休息一下吧

偷懒的钟表被发现了
一圈一圈,被拧紧发条
连声说着对不起,又转动起来

阳光

太阳公公的使者们
一齐从天空出发
路上遇见了南风
南风问:"你们要去干什么呀?"

一个使者说:
"我要把光明洒向大地
大家就能工作啦。"

一个使者高兴地说:
"我要让花儿开放
让世界充满快乐。"

一个使者和气地说:
"我要搭一座拱桥
让纯洁的灵魂通过。"

最后一个有点落寞:
"我是去做影子的
也要跟着你们一起去。"

雪

在无人知晓的原野尽头
青色的小鸟死了
在冰冷、冰冷的,黄昏

像是为了将它埋葬
天空撒下雪花
厚厚、厚厚的,悄无声息

在无人知晓的村庄
房屋都静静地伫立
披着雪白、雪白的,外衣

然后,在新一天的清晨
天空朗朗地放晴
蓝蓝、蓝蓝的,美极了

为那圣洁的小小灵魂

去往天国的路

宽宽、宽宽地,铺展开来

孩子、潜水员和月亮

孩子摘下原野上的花
可是,在回家路上
又把花到处撒

回到家时,手里什么都没有

潜水员采了海里的珊瑚
可是,浮上来后都放到了船上
然后又两手空空地潜入水中

属于潜水员的,什么都没有

月亮捡着天上的星星
可是,十五月圆之后
又把星星撒满夜空

月底的时候,月亮什么都没有

第二辑

星星和蒲公英

向着明亮那方

星星和蒲公英

像是沉在海里的小石子
白天的星星沉在蓝天深处
在傍晚来临前
眼睛都看不见
　　看不见它却就在那里
　　有些东西是看不见的

干枯飘散的蒲公英
默默躲在瓦缝里
在春天来临前
它顽强的根，眼睛看不见
　　看不见它却就在那里
　　有些东西是看不见的

栗子

栗子,栗子
什么时候会掉下来?

好想要个栗子呀
好想去摘一个
可是栗子还没掉
就这样去摘的话
栗子树会生气吧?

栗子,栗子
快点掉下来吧
我会乖乖地
等着你掉下来

桂花

桂花的香味
铺满院子

院子外的风
在门口嘀咕着
是进来还是不进

橡子

橡子山上
捡橡子
装满帽子
塞满围裙
下山时
拿着帽子真碍事
真怕滑倒呢
倒掉橡子吧
帽子戴头上

来到山脚下
田野开满花
快去摘花呀
兜着围裙也碍事
没办法呀
橡子只好全扔啦

山茶花

不见啦,不见啦
哇——①
你在哄谁呀?

风吹拂着
后院的山茶花

不见啦,不见啦
哇——
一直在哄着它

哄着
快要哭出来的天空

① "不见啦,不见啦,哇——"是日本大人哄小孩常说的话。说话的时候,大人通常用手蒙着眼睛,然后突然把手打开,逗孩子笑。

花瓣的海洋

草房顶上的花儿落了
小山丘上的花儿落了
全日本的花儿都落了

把全日本的落花
收集起来都撒进大海吧

然后,在一个安静的黄昏
我们划着红色的小船
荡漾在花瓣的海洋
在缤纷的波浪中划向远方
一直划到大海的中央

草房顶上的花儿落了
小山丘上的花儿落了
全日本的花儿都落了

花的名字

书本里有很多

花的名字

可那些花我并不认识

城市里看到的都是人和车

大海里都是船和浪

海港总是很冷清

花店的篮子里

一年四季都有美丽的花儿

可我并不知道它们的名字

问妈妈,妈妈和城里的人一样
也不知道
我总是很寂寞

让布娃娃躺下睡觉
把书本、皮球全都扔掉
就是现在,我现在就想去呀

我想奔跑在乡间广阔的田野
认识各种花朵的名字
和它们成为朋友

土地

咔嚓，咔嚓
被耕过的土地
变成良田
能够长出好麦子

从早到晚
被踩过的土地
变成坦途
让车子通过

没被耕过的土地
没被踩过的土地
是没有用的土地吗？

不不，它会是
没有名字的
小草的家

土地和小草

没有妈妈的
小草的孩子
成千上万的
小草的孩子
土地一手
把它们养大

可是,小草绿绿的
一旦长得茂盛
又免不了
把土地遮挡

桂花灯

屋子里红色的灯点亮了
窗玻璃外,桂花树
枝叶间的灯也点亮了
和屋子里的灯一样

夜里大家都睡着了
叶子们围着那盏灯
开始有说有笑
开始一起唱歌

就像我们
在晚饭后做的一样

关上窗户,快睡觉吧
我们要是一直醒着
叶子们都不敢说话啦

老枫树

十一月的太阳
对院子里的老枫树说
"时间到了"

院子里的老枫树
正在迷迷糊糊睡午觉
忘了给枫叶染上红色

新建的仓库房顶太高
十一月的太阳
从上面留个脸便不见了

院子里的老枫树
叶子还是绿的
就一声不响地凋落了

花魂

花儿凋落了,它的灵魂
将会在菩萨的花园里
一朵朵重生

因为花儿是那样善良
太阳呼唤它
它就听话地绽放,露出笑脸
给蝴蝶送去甜甜的蜜
给人们送去香气

风儿呼唤它
它也会听话地随风而去

连枯萎的花瓣
都成了我们过家家的午饭

两棵草

两粒小草籽是好朋友
它们一起约定
"我们要一直在一起
去那广阔的世界里"

然而,其中一个冒出头
另一个还不见踪影
等后一个也冒出头
前一个已高不可及

高高的野燕麦
在秋风中摇摆
左右张望,前后扭头
寻找它的好朋友
完全没有发现
就在它的脚下
老鹳草正开着小小的花

露珠

对谁都不要说
好吗?

清晨
庭院的角落里
花儿
悄悄流泪的事

万一
消息传开了
传到
蜜蜂的耳朵里

它会像
做了错事一样
飞回去
把蜜还给花儿吧

向着明亮那方　　　　　　　　　　41

天蓝色的花

有着蓝天颜色的
小小的花呀,你乖乖听我讲吧

从前,这里有一位
黑眼睛的可爱女孩
像我刚才那样
总是把天空仰望

因为总是映着蓝天
不知何时,她的眼睛变成了
天蓝色的小小花朵
现在还在望着天空

花儿呀,如果我讲的
没有错的话
你比最有学问的人
还要了解真正的天空

我总是望着天空
想很多很多的事
望着，想着
那些没有明白的事

了不起的花儿不说话
痴痴地望着天空
现在还一如既往地望着
用被天空染成蓝色的眼睛

紫云英

听着云雀叫,采着花
不知不觉采了一把

拿回家花儿会枯萎
枯萎了,就会被扔掉
像昨天那样,被扔进垃圾箱

回家的路上
看到没有花的地方
我把花儿轻轻、轻轻撒下
——就像是春天的使者

千屈菜

河岸边的千屈菜
开着谁也不认识的花

河水流了很远很远
流向远方的大海

在大大的、大大的大海里
有一滴小小的、小小的水珠
一直在想念着
谁也不认识的千屈菜

它是从寂寞的千屈菜的花里
滴下的一颗露珠

草的名字

别人知道的草的名字
我一点也不知道

别人不知道的草的名字
我却知道不少

那都是我取的呀
给我喜欢的草取我喜欢的名字

别人知道的草的名字
肯定也是谁给取的吧

草真正的名字
只有天上的太阳才知道

所以，我取的名字
只有我自己在叫

树叶宝宝

说"快睡觉吧"
是月亮的工作
轻轻为它披上月光
唱着听不见的摇篮曲

说"起床啦"
是风的工作
当东方的天空泛白
摇一摇让它醒来

白天照顾它的
是小鸟
它们唱着歌
在树枝间钻来钻去

小小的
树叶宝宝

喝饱奶水就睡觉

睡着睡着就长胖了

洋娃娃树

无意中埋下的种子
长出一棵小小的桃树

把我唯一的洋娃娃
埋在庭院的角落里吧

我会忍着孤单
等它冒出两片新芽

等小小的新芽长大
三年后就会开花
在秋天结出可爱的洋娃娃
我会把它从树上摘下
给全城的孩子每人一个
因为洋娃娃树结果子啦

第 三 辑

全　　　　　　　都

喜　欢　上

向着明亮那方

全都喜欢上

我想喜欢上一切
这个那个全都喜欢上

比如葱、番茄,还有鱼
我想一个不剩地全都喜欢上

因为家里的饭菜
都是妈妈亲手做的

我想喜欢上一切
这个那个全都喜欢上

比如医生,包括乌鸦
我都想一个不剩地全都喜欢上

因为世界上的一切
都是上天创造的

向着明亮那方

53

彩虹和飞机

小镇上的人
第一次见彩虹
他们出来看飞机
却看到了彩虹

阵雨过后的天空
飞机向着
彩虹的圆弧
匆匆飞去

我知道了
我知道了
飞机是为了

让小镇上的人
看到
这彩虹
它是从彩虹里
飞来的
使者呀

肉刺

舔它,吸它,还是疼
无名指上的肉刺呀

想起来了
想起来了
姐姐曾经说的话

"不听话的孩子
手上会长肉刺"

前天我还哭闹发脾气
昨天没帮妈妈做家务

去跟妈妈道个歉
就会不疼了吧?

初秋

清凉的晚风吹拂

如果在乡下,这时候
会远远看到海上的晚霞
黑牛被人牵着慢慢回家

乌鸦也要归巢了
啼叫着飞过水色的天空

地里的茄子都摘了吧
稻穗也该开花了吧

这个冷冷清清的城镇呀
只有房屋、尘土和天空

草原

如果光着脚丫
走在挂满露水的草原
我的脚会被染绿吧
也会沾上青草的芬芳吧

如果一直走下去
直到变成一棵小草
我的小脸蛋儿
会变成美丽的花绽放吧

美丽的小镇

忽然想起，那个小镇
河畔的红色屋顶

还有，碧绿的大河
河上白色的船帆
静静地，静静地漂浮着

还有，岸边草地上

年轻的画家叔叔
望着河水发呆

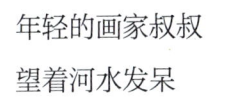

还有,我在做什么呢
怎么想不起来了?
原来,这是我从别人那儿借来的
一本书的插画呀

云

是不是发现
有谁在大山里
云
飘进大山里

是不是发现
大山里空无一人
云
从大山里飘出来

好像挺无聊
云一个人
在傍晚的天空
飘来飘去

日历和钟表

因为有日历
忘记了日子
看了日历才知道
已经四月了

就算没日历
也知道日子
聪明的花儿
在四月开放

因为有钟表
忘记了时间
看了时钟才知道
已经四点了

就算没钟表
也知道时间
聪明的公鸡
在四点啼叫

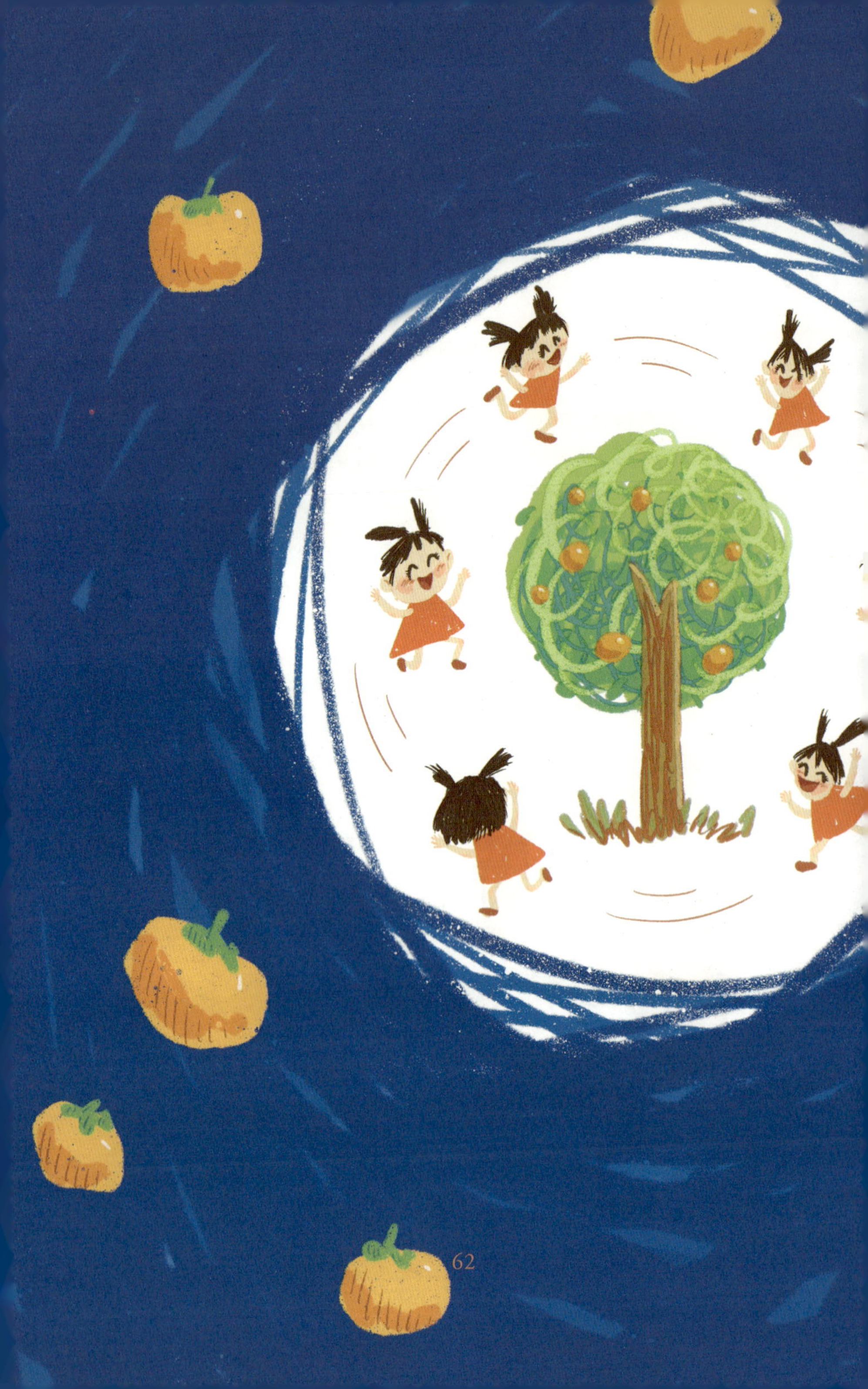

水和风和孩子

在天地之间
骨碌碌转圈的
是谁呀?
是水

绕着全世界
骨碌碌转圈的
是谁呀?
是风

围着柿子树
骨碌碌转圈的
是谁呀?

是想吃柿子的孩子呀

滚铁环

穿过那条街

穿过这条街

我滚着铁环,嘎啦嘎啦

追上一辆人力车

追上一辆手推车

滚着铁环,嘎啦嘎啦

追上第三辆时

已经离开了小镇

向着郊外,嘎啦嘎啦

田间的小道

连着天

滚着铁环到了天上,嘎啦嘎啦

天快黑了

把铁环丢在晚霞里
我回家啦

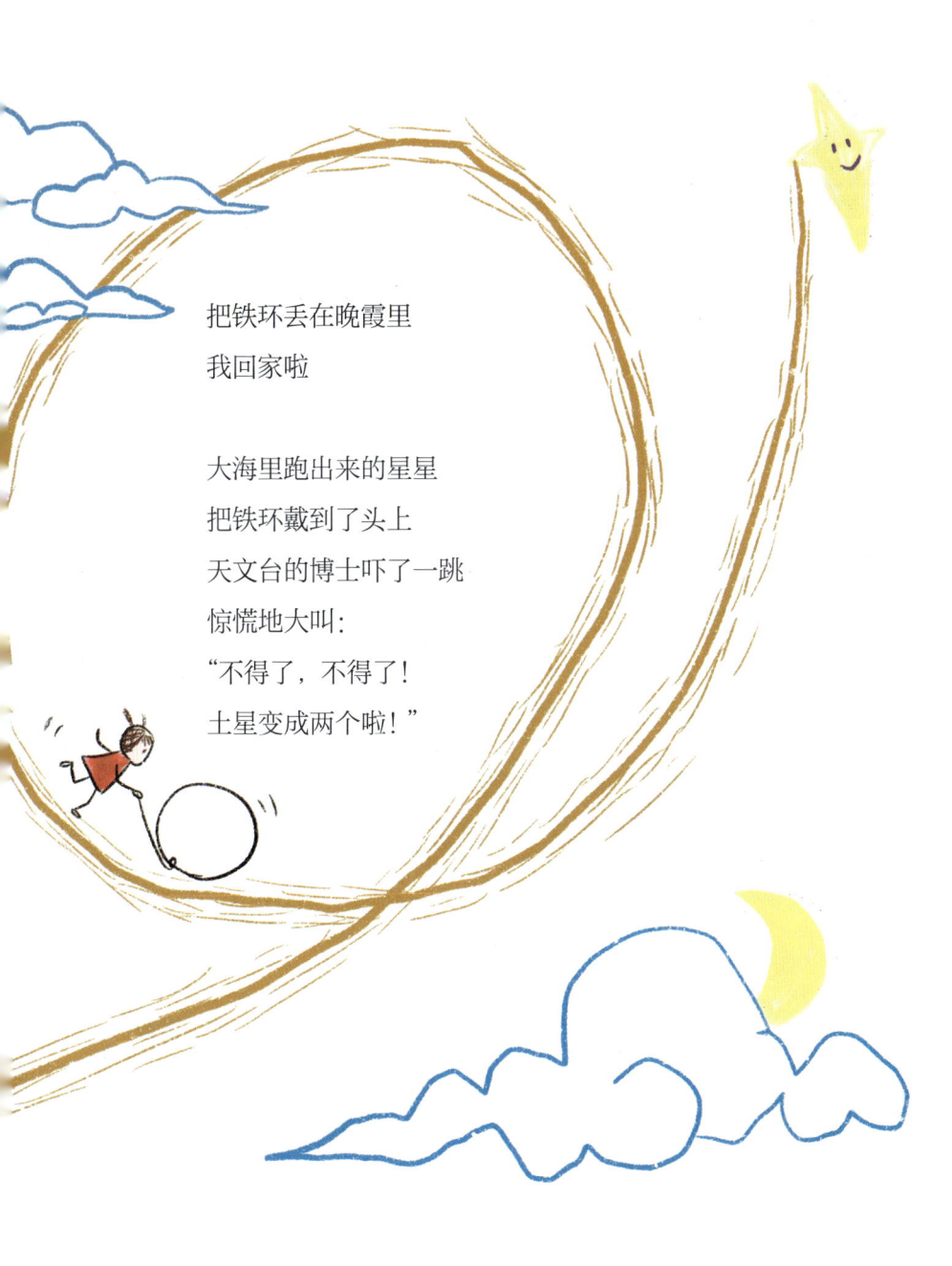

大海里跑出来的星星
把铁环戴到了头上
天文台的博士吓了一跳
惊慌地大叫:
"不得了,不得了!
土星变成两个啦!"

夜雪

牡丹花一样的雪,飘纷纷
下雪的街上
走着一个盲人
和一个孩子

明亮的窗口
钢琴在歌唱

盲人侧耳听　　　　　钢琴在歌唱
停下手杖　　　　　　充满诚意地
牡丹花一样的雪　　　为他们俩
落在他手上　　　　　唱着春天的歌

孩子驻足张望　　　　牡丹花一样的雪,飘纷纷
明亮的窗口　　　　　一片一片洋洋洒洒
牡丹花一样的雪　　　落在两个人身上
落在他的娃娃头上　　那么温暖,那么美丽

弹玻璃球

满天星星
好漂亮的玻璃球呀

撒下满天的玻璃球
从哪一颗开始弹呢

弹一下
这颗星星
打中了
然后取走
被打中的那颗

怎么取也取不完
天空中的玻璃球——星星

积雪

上面的雪
很冷吧
冷冷的月光照着它

下面的雪
很重吧
成百的人压着它

中间的雪
很孤单吧
看不见天也看不见地

车轮和孩子

车轮轧过
紫罗兰的花儿
像轧过小石子一样

在乡间的路上

孩子们
捡起小石子
像摘取花儿一样

在城里的街上

羽绒被

暖融融的羽绒被
送给谁好呢?
给睡在大门口的小狗吧

小狗说:不用给我
后山上的那棵松树
正孤零零地被冷风吹着

松树说:不用给我
原野上沉睡的枯草
正披着寒霜做的衣裳

小草说:不用给我
睡在池塘里的鸭子
正盖着冰做的被子

小鸭子说:不用给我

雪屋子上面的星星
整晚都冻得发抖

暖融融的羽绒被
送给谁好呢?
还是我自己盖着睡觉吧

月亮和姐姐

我走月亮也跟着走
月亮可真好呀

要是每晚都记得
来到天上的话
那月亮就更好啦

我笑姐姐也跟着笑
姐姐可真好呀

要是不用忙那么多活
能一直陪我玩的话
那姐姐就更好啦

指甲

拇指的指甲
长着扁平脸
看上去很结实
像我们的老师

食指的指甲
长着歪歪脸
看着像是要哭
像马戏团的小丑

中指的指甲
长着圆圆脸
一脸笑眯眯
像以前见过的小姐姐

无名指的指甲
长着长方脸

总是在想心事
像那个旅行的叔叔

小拇指的指甲
长着漂亮的鹅蛋脸
看着很面熟
却不知道是谁

玻璃和文字

玻璃
看上去空空的
透明透亮

可是
很多玻璃叠在一起
就会像大海一样蓝

文字
像蚂蚁那样
又黑又小

可是
很多文字聚在一起
就能写出黄金城堡的故事

焰火

飘着细雪的晚上
打着伞经过
干枯的柳树下

忽然想起
夏夜在柳树下
燃起的焰火

我真的好想
好想
在雪中燃起焰火呀

飘着细雪的晚上
打着伞经过
干枯的柳树下

仿佛闻到了
很久以前燃放的
焰火的味道

算数

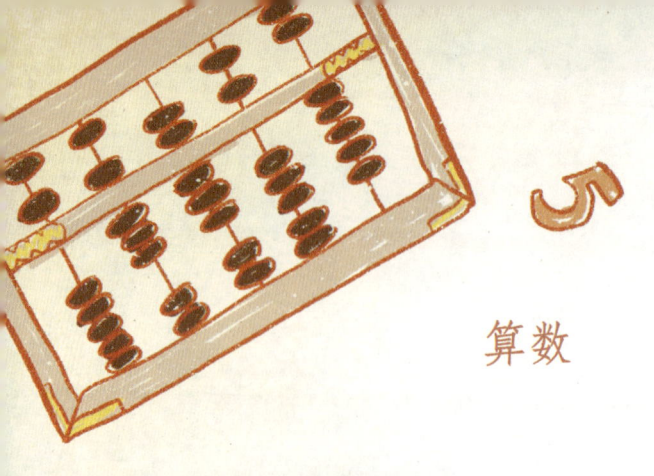

天上飘着两朵云
路上走着五个人

从这里到学校
要走五百六十七步
路过九根电线杆

我的盒子里
有两百三十颗玻璃珠
后来有七颗滚丢了

夜空中的星星
我数到一千三百五十个
不知道还剩下多少

我最喜欢算数了
不管什么，都要数一数

第四辑

一　　　　　个

接

一　　　　　个

向着明亮那方

一个接一个

月光下正踩着影子玩
大人会来喊"该睡觉啦"
（好想再玩一会儿呀）
不过回家睡着后
就能做各种各样的梦了

正做着好梦时
大人又来喊"该上学啦"
（要是没有学校就好了）
不过去了学校
就有小伙伴一起玩，也很开心

正和大家玩着跳房子
上课铃却突然响了
（要是没有上课铃就好了）
不过听老师讲课
也很有趣呀

别的孩子也是这样吗?
也像我这么想吗?

沙的王国

我现在是
沙王国的国王

山川、峡谷、原野,还有河流
我想怎么变就怎么变

就算是童话里的国王
也不能这样随意改变
自己王国的山川吧

我现在
真是个了不起的国王呀

深夜的天空

人和草木睡着的时候
天空其实很忙碌

星光背负着
一个又一个美丽的梦
为了送到人们枕边
一闪一闪地在天空飞行
露珠公主急匆匆地驾着银马车
要赶在天亮之前
给城里阳台上的花朵
和大山深处的叶子
一个不少地送去露珠

花朵和孩子们睡着的时候
天空其实很忙碌

魔法手杖

玩具店的老板
正睡午觉呢
在春日午后的护城河畔

从这里的柳叶后面
我挥了一下手杖
店里的玩具全活了
橡皮鸽子扑棱起翅膀
纸糊老虎发出吼叫……

要是这样的话
玩具店的老板
会露出怎样的表情呢

卖梦人

新年到来的时候
卖梦的人会来
卖新年的第一场好梦

像装满宝藏的大船
卖梦人装着
堆积如山的好梦

然后,善良的
卖梦人
来到小镇的偏僻小巷
找到买不起梦的孤单小孩
为他们悄悄地
把梦留下

故事王国

天黑时分
故事王国的
国王
在故事王国的
森林里
跟随从走散了

听着故事
即使烤着暖炉
还是觉得
雪夜好冷好冷

没有了随从的
国王
会是多么寒冷
多么孤单呀

长长的梦

今天、昨天都是梦
去年、前年都是梦

如果突然从梦中醒来
自己变成两岁大的可爱宝宝
正在找着妈妈的奶水

如果真是这样,如果真能这样
我该有多么高兴呀

长长的梦,要记住呀
这一次,我要做个乖孩子

我和公主

遥远国度的公主
跟我长得很像
为了摘一朵鲜红的玫瑰
被荆棘刺伤死了

为了安抚伤心的国王
就在那天,忠心耿耿的部下
骑着白马嗒嗒、嗒嗒
从城堡出发了

他们不知道我的存在
到处寻找长得像公主的女孩
怎么找也找不到
白马的蹄声一直嗒嗒、嗒嗒

山的那边,是蓝蓝的天
直到今天,马儿还在嗒嗒、嗒嗒

再见

下船的孩子对大海说
上船的孩子对陆地说

船只对码头说
码头对船只说

钟声对钟表说
炊烟对小镇说

小镇对白天说
夕阳对天空说

我也说吧
说声再见吧

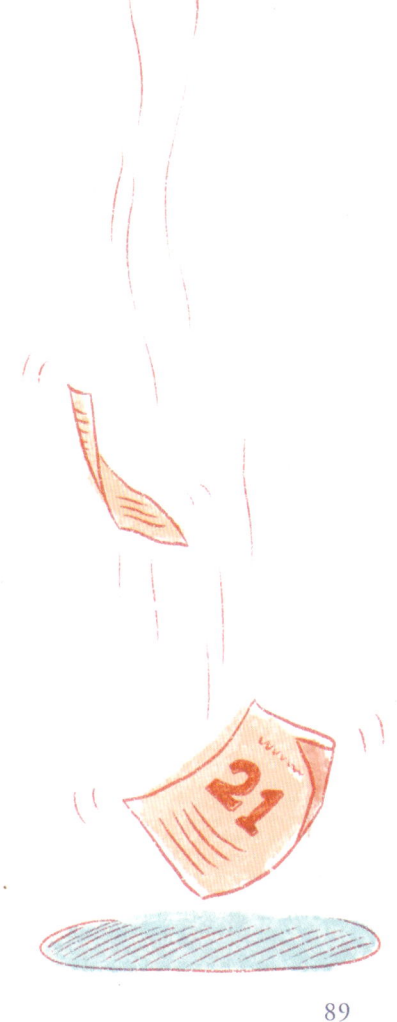

对今天的我
说声再见吧

90

草原之夜

白天,牛儿在那里
吃着青草

夜深了
月光在那里漫步

月光轻轻拂过
小草噌噌噌地长高
为了明天也能让牛儿吃饱

白天,孩子们在那里
采摘花儿

夜深了
一个天使在那里漫步

天使踩过的地方
花儿再次绽放
为了明天也能让孩子们看到

漫长的白天

云朵的影子
从这座山
飘向另一座山

春天的小鸟
从这棵树
飞向另一棵树

孩子的眼睛
从这片天空
飞向另一片天空

长长的白日梦
从天空
延伸到天空之外

看不见的城堡

在山野中狩猎,天黑了
我带着看不见的随从
返回看不见的城堡

原野上,有位看不见的牧羊人
远远地吹着看不见的笛子
召唤着看不见的羊群

在森林边缘,那金色的
看不见的城堡的窗口
闪烁着点点灯火

我是小小的王子
骑着看不见的马
看不见的铃铛叮叮直响

夏天

"夏天"晚上熬夜
早上赖床

夜里,我睡着之后
它还不睡
早上,我叫醒牵牛花时
"夏天"还不起床

清清、凉凉的
微风这样说

海浪

海浪是孩子
牵着手,笑着
一齐跑过来

海浪是橡皮
把沙滩上的字
都擦掉了

海浪是士兵
从海上涌过来
一齐砰砰砰地射击

海浪是糊涂鬼
把美丽的贝壳
忘在了沙滩

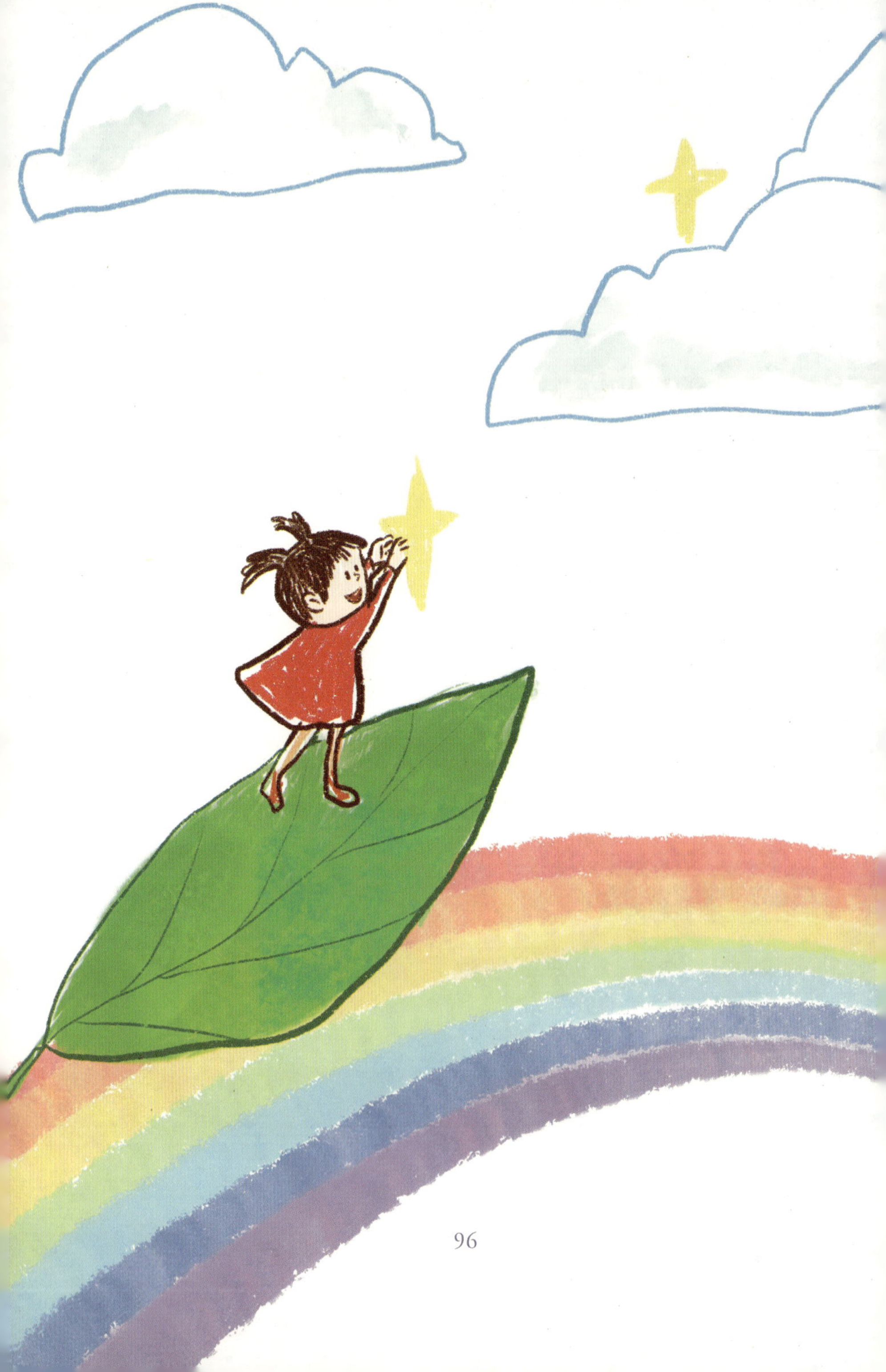

大海的尽头

白云从那里涌出
彩虹在那里落脚

好想哪天坐船去
到大海的尽头呀

哪怕路很远,天很黑
什么都看不见

我还是想去大海的尽头
就像摘下一颗红枣
我想去摘下美丽的星星

天空的大河

天空的河滩上
到处是石子
圆溜溜的
到处是石子

蓝色的河流
静静地流淌
那小小的白帆
是弯弯的月牙啊

和梦一起流淌的
河流中
漂浮着星星
像一叶叶小舟

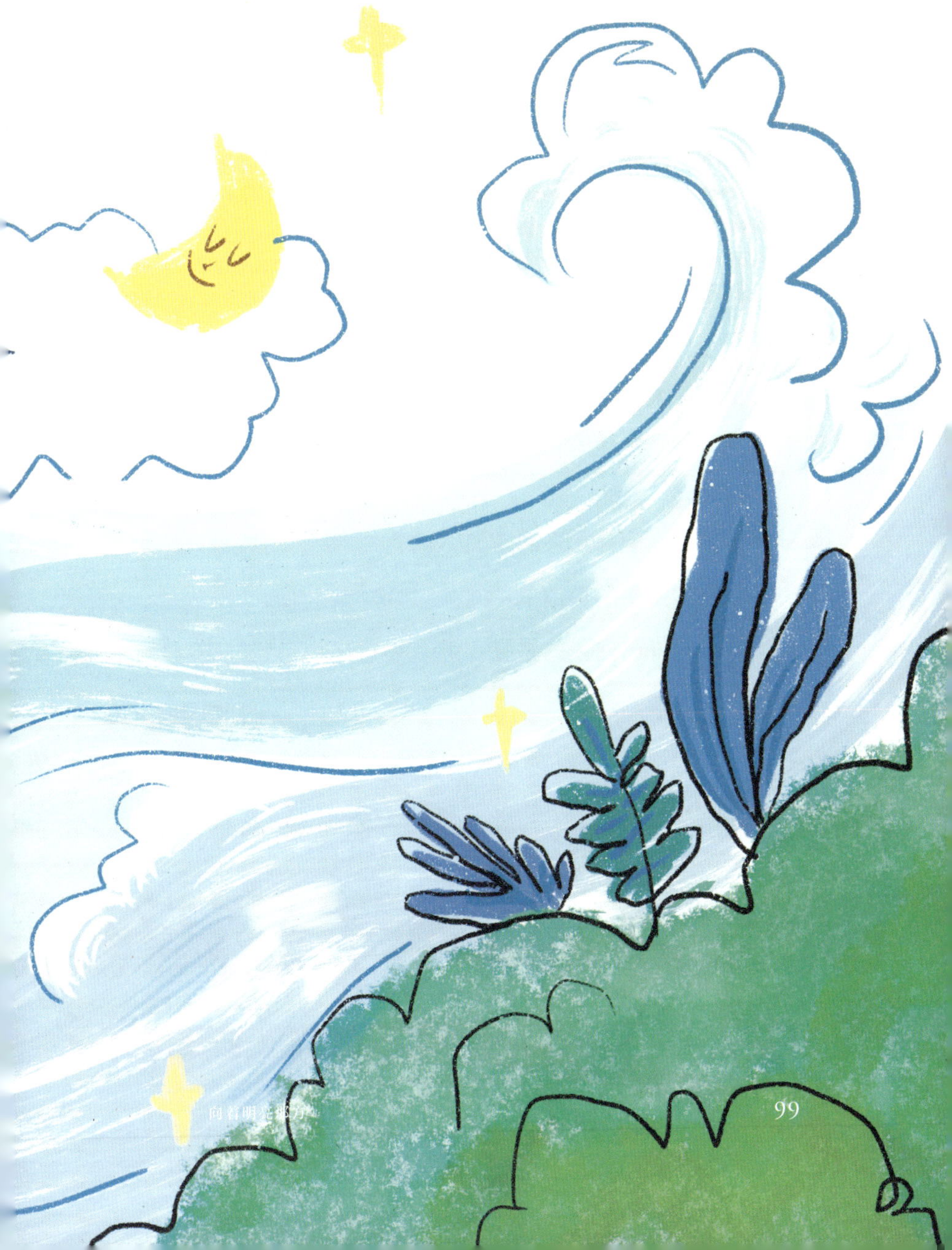

睡梦火车

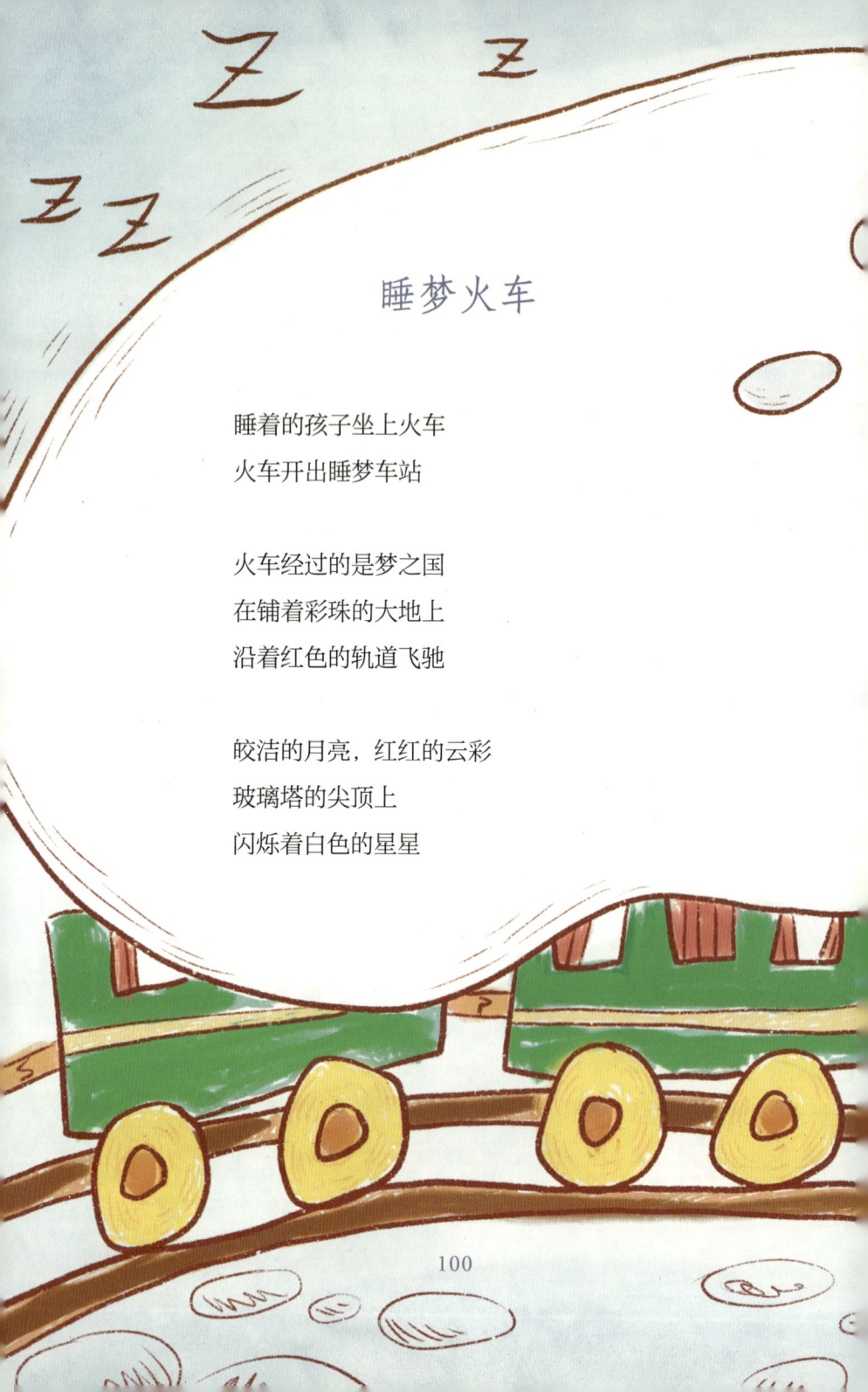

睡着的孩子坐上火车
火车开出睡梦车站

火车经过的是梦之国
在铺着彩珠的大地上
沿着红色的轨道飞驰

皎洁的月亮，红红的云彩
玻璃塔的尖顶上
闪烁着白色的星星

一路的景色闪过车窗
火车到达梦醒车站

梦之国的礼物
谁也带不回来
去往梦之国的路
只有睡梦火车知道

猜谜语

猜呀猜,猜谜语
什么东西多得很,想抓却又抓不住?
    蓝蓝的大海里蓝蓝的海水
    捧到手里,蓝色就消失了

猜呀猜,猜谜语
什么东西看不见,想抓却能抓得住?
    夏日正午的微风
    扇子一扇就出来了

幸福

幸福穿着桃红色的衣裳
一个人抽抽搭搭地哭泣

"半夜我敲打着门窗
但没有人知道我的寂寞
只看见,昏暗的灯影里
憔悴的母亲,生病的孩子

我难过地来到下一户人家
再次把大门敲响
可是,走遍全城
也没人愿意让我进门"

在月亮西沉的小巷里
幸福一个人抽抽搭搭地哭泣

梦和现实

如果梦是现实,现实是梦
那该多好啊
因为梦里什么都有可能
那该多好啊

白天过后是黑夜
我并不是公主

手碰不到月亮
人钻不进百合花

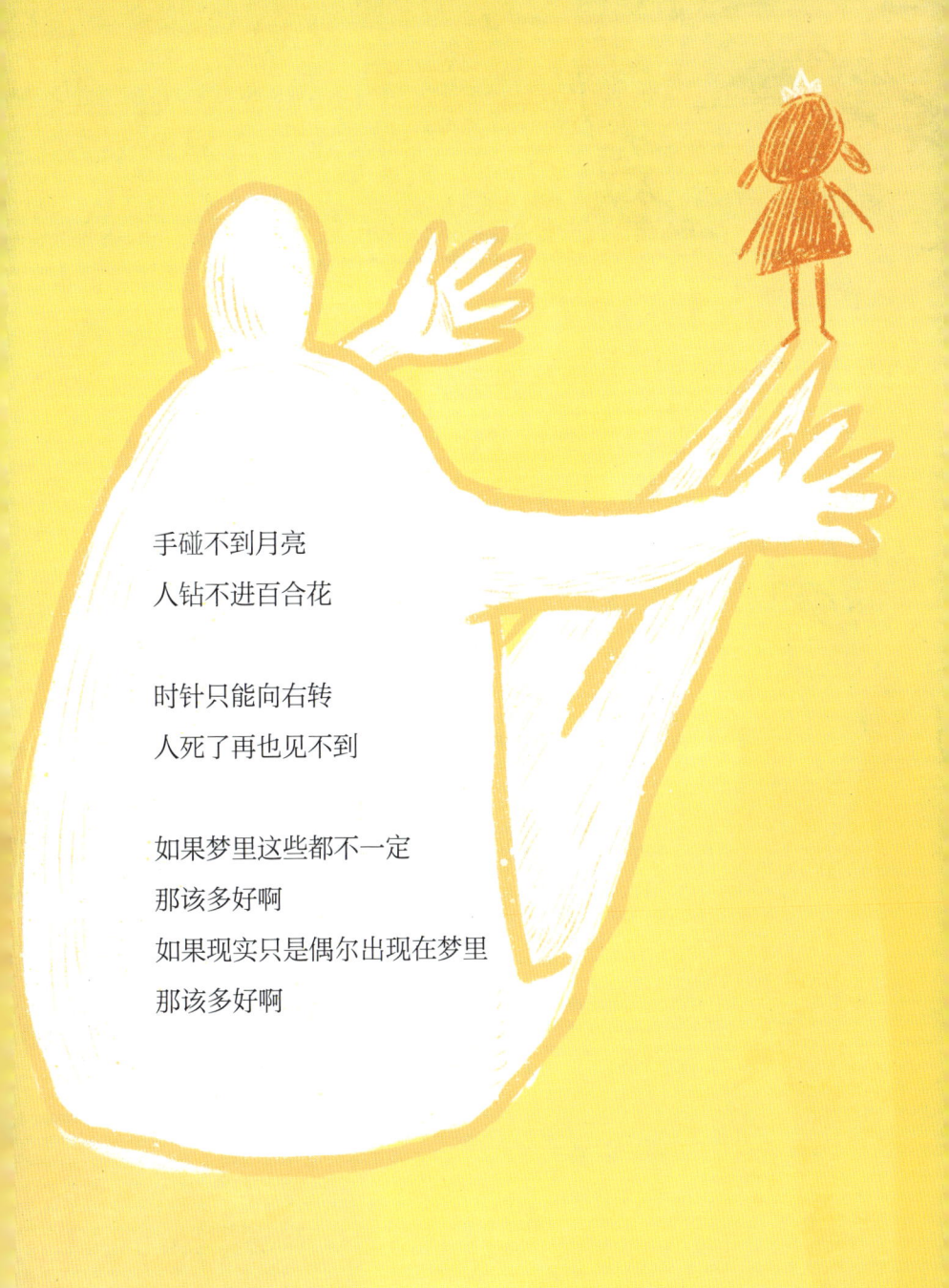

时针只能向右转
人死了再也见不到

如果梦里这些都不一定
那该多好啊
如果现实只是偶尔出现在梦里
那该多好啊

时间爷爷

嘀嗒、嘀嗒,跑个不停
总是很忙的时间爷爷

只要是我拥有的东西
无论什么,都可以送给您

带孔的石头,带花纹的石头
五颗蓝色的水果糖

还有各种故事画片
带银穗儿的簪子

嘀嗒、嘀嗒,跑个不停
巨大无比的时间爷爷

只要您能马上
把节日带来的话

第 五 辑

向着明亮那方

向着明亮那方

向着明亮那方

向着明亮那方
向着明亮那方

哪怕一片叶子
也要伸向倾泻的日光

灌木丛下的小草啊

向着明亮那方
向着明亮那方

哪怕烧焦翅膀
也要飞向闪烁的灯光

夜晚的飞虫啊

向着明亮那方

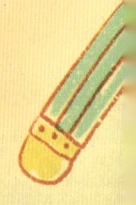

向着明亮那方

哪怕只有立锥之地
也要朝向洒来的阳光

都市里的孩子啊

几重山

小镇后面是一座矮矮的山
山那边有一个小村庄
村庄那边有一座高山
高山后面有什么就不知道了

要翻过多少座山
才能到达梦里见过的
黄金城堡呢

摔倒的地方

有一次,跑腿回家的路上
我在这里摔倒哭了一场

那天看到我的阿姨
现在好像还在店里

桃太郎呀桃太郎
快把你的隐身蓑衣借我一下吧

吵架之后

就剩下我一个
孤单的一个人
我坐在草席上,好孤单呀

真的不怪我
是那个孩子先起头的
不过,不过,还是好孤单呀

玩偶娃娃,也孤零零的
我抱着它
还是觉得孤单呀

树上的杏花
星星点点往下落
我坐在草席上,好孤单呀

转校生

外地来的女孩
真可爱
怎么才能和她
变成好伙伴呢

午休的时候
我去看了看
她一个人
靠着一棵樱花树

外地来的女孩
说着外地话
我该怎么跟她说话
才好呢

回家的路上
忽然发现

那个女孩

已经有了伙伴

花店的爷爷

花店的爷爷
去卖花
在镇子上把花儿卖光了

花店的爷爷
有点寂寞
亲手养大的花儿卖光了

花店的爷爷
天黑以后
孤零零地回到小屋

花店的爷爷
做了个梦
梦见卖掉的花儿都很幸福

魔术师的手掌

桃子里生出桃太郎
瓜里生出瓜公主

鸡蛋里生出小鸡
种子里生出树苗

山里生出太阳
大海里生出云峰

魔术师的手掌里
生出白鸽子

我也是从哪个魔术师的
手掌里诞生的吗?

卖鱼的阿姨

卖鱼的阿姨
请把头转过去一下
我现在
要在你头上插朵花
一朵山樱花

因为阿姨你的头发上
没有漂亮的花簪子
也没有亮闪闪的发卡
什么都没有,太单调啦

阿姨,你看
你的头发上
山樱花开啦
它比戏里公主的头钗
还要漂亮呢

卖鱼的阿姨
请把头转过来吧
我现在
已经插好了花
一朵山樱花

蚊帐

我们在蚊帐里
像是被网住的鱼儿

不知不觉睡着后
闲着没事的星星就会来收网

如果半夜睁开眼
我们会不会躺在云彩的沙滩上

青色的网在波浪里摇晃
我们都是可怜的鱼儿

书和海

别的孩子不像我
有各种各样的书

别的孩子不像我
知道中国和印度的故事

他们都是不读书的孩子
是不识字的渔民的孩子

大人们午休的时候
他们结伴去大海
我读我的书

这时候，他们应该在海里
在波浪间自在地游泳、潜水
像人鱼一样嬉戏吧

我读着书里的
人鱼的故事
也想去海边了

忽然之间，我也想去了

女孩子

女孩子
就是要
不爬树
乖乖听话

骑竹马的
就是疯丫头
打陀螺的
就是犯傻

我为什么
会这么清楚
因为所有这些
我都挨过骂

早晨和夜晚

早晨从哪里来?

从东边山梁探出头
转眼就掠过天空
在小镇静静降临

树荫、床下,这些地方
在太阳升起前都黑乎乎的

夜晚从哪里来?

从床底下,从树荫里
成群结队地醒过来
忽然出现在屋外

尽管夕阳已西下
还想要给云端披上晚霞

如果我是花儿

如果我是花儿
我一定会变成乖孩子吧

不能说话,不能走路
我就不能淘气了吧?

不过,要是有人走过来说我
是朵讨厌的花儿
我会马上生气得凋谢吧

就算我变成了花儿
我还是成不了乖孩子呀
没办法像花儿那样呀

和好

紫云英的小路上，春光正好
女孩站在路那边

女孩拿着紫云英
我也摘了紫云英

女孩笑了，不知不觉地
我也笑了

紫云英的小路上，春光正好
嘀哩嘀哩，云雀在叫

这条路

这条路的前方
会有大片的森林吧
孤零零的朴树啊
沿着这条路往前走吧

这条路的前方
会有辽阔的大海吧
荷塘里的青蛙啊
沿着这条路往前走吧

这条路的前方
会有繁华的城市吧
寂寞的稻草人啊
沿着这条路往前走吧

这条路的前方
一定会有什么吧
大家都来,大家一起走吧
沿着这条路往前走吧

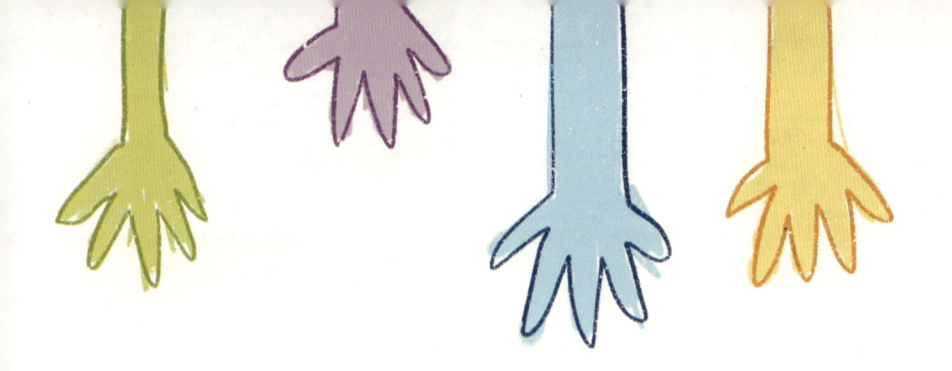

谁会说真话

谁会说真话呢?
跟我说说关于我的事
　　有个阿姨夸了我
　　可她有点笑嘻嘻

谁会说真话呢?
问花儿,花儿摇摇头
　　也难怪,花儿
　　一个个都那么美

谁会说真话呢?
问小鸟,小鸟逃走了
　　一定是问了不该问的
　　它才一声不吭飞走了

谁会说真话呢?
问妈妈,又不好开口
(我到底是可爱的乖孩子
还是难看的丑八怪呢?)

谁会说真话呢?
跟我说说关于我的事

傍晚第一颗星

云雀在天空中
发现了傍晚第一颗星

船夫的儿子在大海上
发现了傍晚第一颗星

中国的孩子在中国
发现了傍晚第一颗星

他们谁是
第一个发现者呢

知道答案的
只有傍晚第一颗星

我

不管在哪儿,都有我
在我之外,还有我

在路边商店的窗玻璃里
回到家后在挂钟里

在厨房的水盆里
下雨天,在路上的水洼里

可为什么,不管什么时候
天空中都没有我呢?

心

妈妈是大人
个子大大的
可妈妈的心
小小的

因为,妈妈说
她心里装的是小小的我

我是孩子
个子小小的
可我的心
很大很大

因为,我的心里
除了个子大大的妈妈
还会思考很多很多的事情

奇怪的事

我真的很奇怪
乌云里落下的雨
竟然闪着银色的光

我真的很奇怪
吃绿桑叶的蚕宝宝
竟然变白了

我真的很奇怪
谁都没有碰过的葫芦花
竟然自己绽开了

我真的很奇怪
无论问谁谁都会笑
竟然说那是很自然的事

没有玩具的孩子

没有玩具的孩子

多寂寞呀

给他一个玩具就不寂寞了吧

没有妈妈的孩子

多伤心呀

给他一个妈妈就会开心吧

妈妈温柔地
抚摸我的头发
我的玩具
多得箱子里都装不下

可我还是寂寞呀
要给我一些什么
我才不寂寞呢?

向着明亮那方